Even the Dead Get Up for Mil[k]

Hasta los muertos se levantan por leche

EDWARD
FUN R L
H ME

Written by / Escrito por
CHRIS HOLAVES

Translated by / Traducido por
ALLISON BARNARD

Illustrated by / Ilustrado por
JOHN GOOMAS

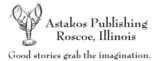
Astakos Publishing
Roscoe, Illinois
Good stories grab the imagination.

Even the Dead Get Up for Milk / Hasta los muertos se levantan por leche / written by Chris Holaves.
Summary: A young boy faces his fear when he and his family move into a strange house on Halloween night where a family of ghosts lives.
[1. Bi-lingual - fiction. 2. Fear - fiction. 3. Ghosts - fiction. 4. Family - fiction.]

ISBN 978-0-9792991-0-0

Library of Congress Control Number 2007905020

10 9 8 7 6 5 4 3 2 1

Editor, Sharon Holaves

Printed in the United States of America

Cover and book design by Blair, Inc.

Author's Note
Una Nota del Autor

It is crucial to read to younger children and for children to read on their own. Reading is the key to overcoming the barriers of learning any language. *Even the Dead Get Up for Milk* gives children an opportunity to read in English and Spanish a humorous story about a child who overcomes his fear.

Es importante leer a los niños menores y que los niños lean por si mismos. La lectura es la llave para vencer las barreras al aprendizaje de cualquier idioma. Hasta los muertos se levantan por leche *les presenta a los niños una oportunidad de leer en inglés y en español un cuento gracioso acerca de un niño que se sobrepone a su miedo.*

Dedication
Dedicación

To my wife, Sharon, for her encouragement. She is my heart. C.H.

Para mi esposa, Sharon, por su aliento. Ella es mi corazón. C.H.

To my wife, Helen, for all her support, with love. J.G.

Para mi esposa, Helen, por su apoyo, con amor. J.G.

Acknowledgements
Reconocimientos

Thanks to Father Mark Muñoz, Karla Mejia, Mary Petro, Franklin Solares, Ricardo Oceguera, Romina and Jeronimo Vargas for their support.

Agradecimientos a Padre Mark Muñoz, Karla Mejia, Mary Petro, Franklin Solares, Ricardo Oceguera, Romina y Jerónimo Vargas por su apoyo.

Parents do stupid things sometimes,
And mine are no exception,
For I endure night after night
Terror in their selection.

Los padres hacen tonterías a veces,
Y los míos no son ninguna excepción,
Porque noche tras noche paso
Terror en su selección.

Night after night the dead get up
    To roam in this rented place.
In the morning they disappear
    To leave here without a trace.

You see, recently we moved here.
    We're new to this small, cold town.
My father's job brought us this far.
    Who knew it would be a showdown?

Noche tras noche los muertos se levantan
    Para vagar por esta casa alquilada.
En la mañana desaparecen
    Sin dejar ningún rastro.

Hace poco que nos mudamos aquí.
    Somos nuevos en este pequeño pueblo frío.
El trabajo de mi padre nos trajo hasta acá.
    ¿Quién hubiera pensado que sería un duelo?

Father rented this vacant home
    Since there was no other space.
What he did not tell me was that
    This home was a funeral place.

It was old, big and elegant,
    But it had outlived its use.
We moved in on Halloween day.
    At dusk the lights blew a fuse.

Papá alquiló la casa vacante
    Porque no encontró otro lugar.
Lo que no me dijo fue que
    Esta casa era una casa funeraria.

Era vieja, grande y elegante,
    Pero ya muy desgastada.
Nos mudamos en el día de Halloween.
    Al anochecer se fundieron los focos.

My father and I went downstairs
And then to the cellar still.
We found the fuse box. I heard sounds
That gave me a dreadful chill.

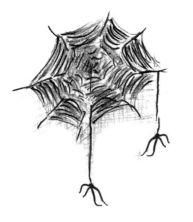

Mi papá y yo bajamos por las escaleras,
Y fuimos al sótano.
Encontremos la caja de fusibles. Oí ruidos
Que me dieron escalofríos.

I thought it was the cellar smell
That forced my face to sour,
But I was my father's brave son.
I had to be strong that hour.

Pensé que era el olor del sótano
El que quemaba mi cara,
Pero era el hijo valiente de mi padre.
Tenía que ser fuerte en ese momento.

My mother and my sisters were waiting
Top of the basement stairs.
Just when I said, "It's nothing,"
Two lights on the wall flickered their flares.

Mi mamá y mis hermanas estaban esperando
Encima de la escalera del sótano.
Apenas había dicho, "No es nada,"
Dos luces en la pared parpadearon.

As we unpacked, Mother told us
  This place was their only choice.
This was temporary until—
  Just then I heard a strange voice.

"What is that sound?" I asked them all.
  They listened but heard nothing.
I gazed at my sisters' blank faces.
  I knew I had heard something.

Mientras desempacábamos, mi mamá nos contó
  Que este lugar era la única opción,
Sería temporal hasta—
  En ese momento oí una voz extraña.

"¿Qué es ese sonido?" les pregunté a todos.
  Pusieron atención pero no oyeron nada.
Miré a los rostros vacíos de mis hermanas.
  Yo sabía que había oído algo.

Before bedtime that awful night,
  I peeked throughout the large rooms.
Some had labels over their doors—
  "Parlor," "Kitchen," "Tombs."

Antes de acostarme esa noche horrible,
  Eché un vistazo por los cuartos grandes.
Algunos con rótulos sobre sus puertas—
  "Salón," "Cocina," "Tumbas."

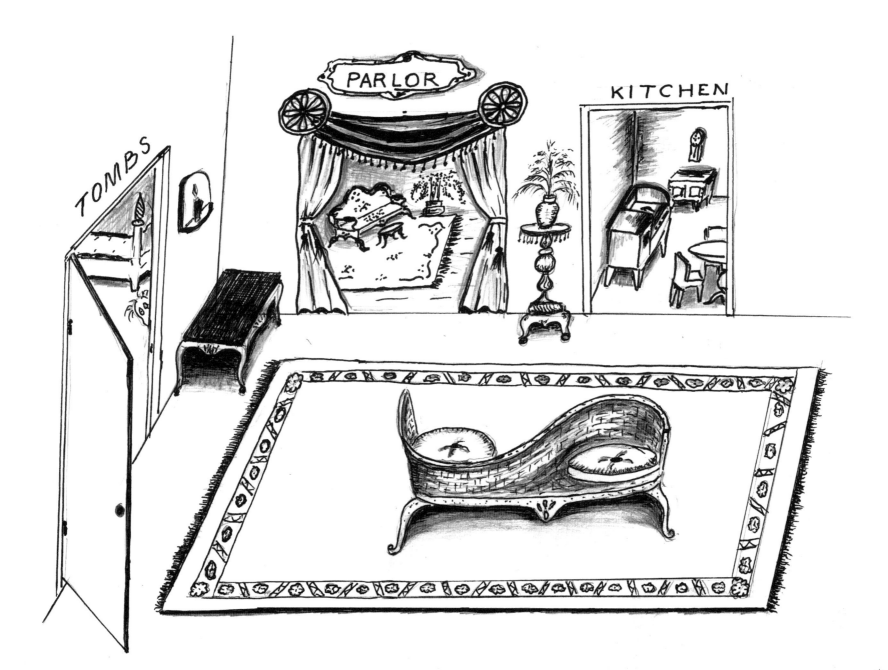

My bed was set up in the "Tombs"
　　Across from the huge "Kitchen."
My mother wished me happy dreams.
　　I dare not be a chicken.

I was my father's only son.
　　There was no reason for crying.
But inside I felt uneasy,
　　With no air, choking, dying.

Mi cama fue arreglada en las "Tumbas"
　　En frente de la gran "Cocina."
Mi madre me dió las buenas noches.
　　No me atreví a ser gallina.

Yo era el hijo único de mi padre.
　　No había razón para llorar.
Pero por dentro me sentí inquieto,
　　Sin aire, ahogandome, muriéndome.

My parents told me not to fear.

The morning would make all well.

The thought of sleeping there alone

Felt like a dungeon cell.

Mis padres me dijeron que no tuviera miedo

Que por la mañana todo estaría bien.

El hecho de pensar que dormiría solo

Me hizo sentir como en un calabozo.

I could not force myself to sleep.
I lay awake in the night.
I heard whispering, laughing sounds.
I was paralyzed with fright!

No pude dormirme.
Me quedé despierto toda la noche.
Oí susurros, sonidos de alguien riéndose.
¡Me quedé paralizado del miedo!

Then the lights on the wall flickered
As before as if winking.
Suddenly I heard soft footsteps
In the hall. Then I felt some tingling.

Somewhere slowly a clock chimed four.
I listened so carefully.
The sounds came from the big kitchen.
Light steps were edging toward me!

Entonces las luces en la pared parpadearon
Como si estuvieran guiñando.
De repente oí pasos suaves
En el pasillo. Luego sentí hormigueos.

En algun lugar un reloj lentamente sonó las cuatro.
Escuché muy atento
A los sonidos que venían de la cocina grande.
¡Eran pasos suaves moviéndose hacia a mí!

I buried myself with blankets.
  All hidden, I lay trembling.
I heard my door open then close.
  My eyes tight, I heard gurgling.

I lay there still as time dragged on—
  Sweating, hot and terrified.
The room smelled as if sanitized,
  The air like formaldehyde.

Me escondí debajo de las cobijas.
  Completamente escondido, me quedé temblando.
Oí mi puerta abrir y cerrar.
  Cerré mis ojos. Oí un murmullo.

Me quedé quieto mientras el tiempo pasaba—
  Sudando, acalorado y aterrorizado.
El cuarto olía a disinfectante,
  El aire como a formol.

I could not stand that awful smell.
Scared, I tiptoed to the door.
For I was my father's brave son,
And I opened it to see more.

No aguanté ese olor horrible.
Temeroso, caminé de puntitas a la puerta,
Sólo porque era el hijo valiente de mi padre,
Y la abrí para poder ver más.

A woman stood beside the stove.

A man and two girls sat by.

The woman poured something into cups.

They toasted and raised them high.

Una mujer se paró junto a la estufa.

Al lado, un hombre y dos niñas se sentaron.

La mujer sirvió algo en unas tazas.

Brindaron y alzaron sus tazas.

Still, I could not see their faces.

The hall was dark. Their backs were turned.

I saw the woman's sleeve catch fire,

But the sleeve did not look burned.

Todavía no podía ver sus caras.

El pasillo estaba oscuro y ellos de espaldas.

Yo ví la manga de la mujer prenderse fuego,

Pero su manga no se veía quemada.

I thought they were my family.

  Just then the light grew hazy.

But I was still my father's son.

  All of this was too crazy!

I crept still closer to see more.

  The woman was pouring milk.

I wondered who these people were.

  They were a curious ilk!

Creí que era mi familia.

  Justo en este momento, todo se nubló.

Todavía era el hijo de mi padre.

  ¡Todo eso era pura locura!

Me acerqué para ver mejor.

  La mujer estaba sirviendo leche.

Me pregunté quienes serían.

  ¡Qué tipos más curiosos!

The man asked, "Have they moved in yet?"

While the children looked at him.

The woman replied with a smile,

"Yes, they did, so it would seem."

"They will do for a while," she said.

"The others didn't stay with us."

I wondered who **these others** were.

Had they left without a fuss?

El hombre preguntó, "¿Ya se han mudado?"

Mientras los niños lo miraban.

La mujer contestó con una sonrisa,

"Pues sí, así parece."

"Ellos estarán bien por ahora," dijo ella.

"Los otros no se quedaron con nosotros."

*Me pregunté quienes serían **los otros**.*

¿Se fueron sin quejarse?

Suddenly, they all spun around.

    I shuddered as I looked through

Ghastly faces and bloodshot eyes.

    I fled fast without a clue.

De repente, todos dieron media vuelta.

    Temblé al ver sus

Caras espantosas y ojos rojos.

    Huí rápido sin tener alguna pista.

I bolted into my darkened room.

    I felt warm, suffocating.

I crawled under my blankets, praying.

    Was I imagining?

I wanted to call my parents,

    But was scared they'd be too late.

The four milk drinkers would come first,

    And they would decide my fate.

Corrí a mi cuarto oscuro.

    Me sentí acalorado, ahogandome.

Me arrastré debajo de mis cobijas, rezando.

    ¿Estaría yo imaginando?

Quería llamar a mis padres,

    Pero temí que tardarían.

Los cuatro que tomaban leche llegarían primero,

    Y decidirían mi destino.

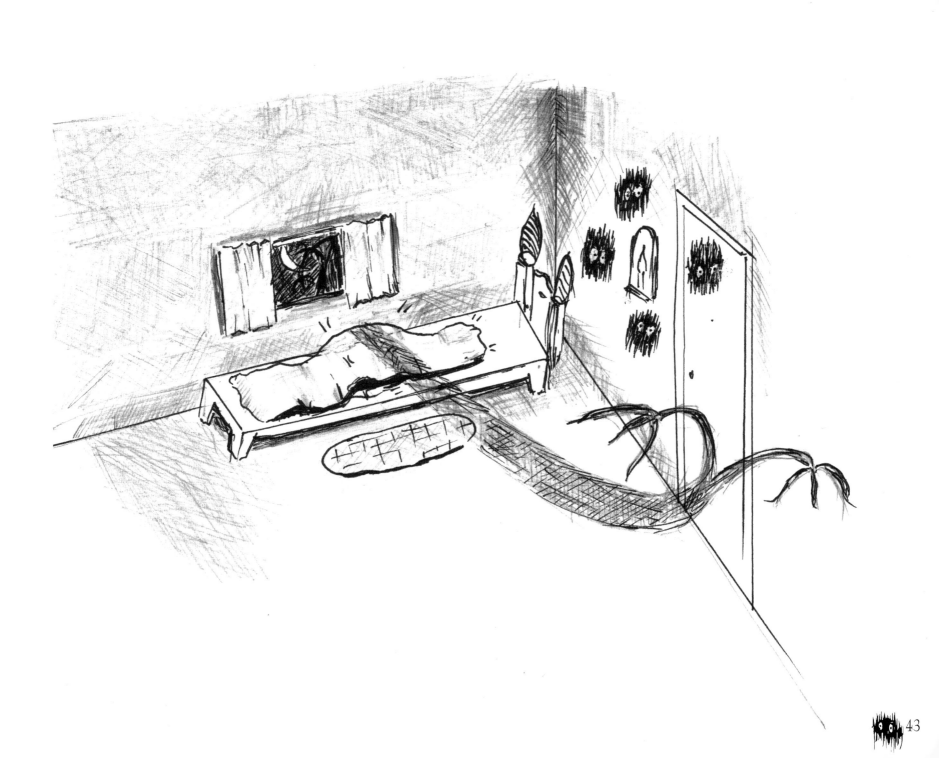

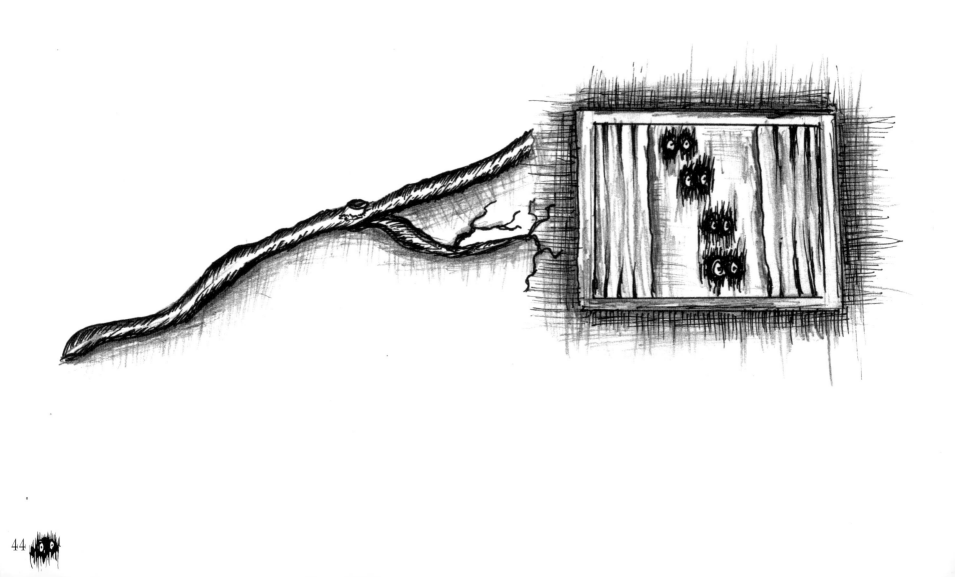

I lay there scrunched, hot and trembling.

My ears were buzzing with noise.

I couldn't stand the fear any more!

I screamed when I heard a voice!

Estaba ahí acurrucado, acalorado y temblando.

Me zumbaban mis oidos con ruido.

¡No pude aguantar más el miedo!

¡Grité cuando oí una voz!

I jumped out of bed terrified.
   With tears I stared at the door.
A silhouette with lamp stood there,
   Shadow falling on the floor.

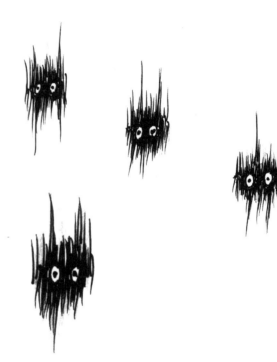

Salté de mi cama aterrorizado.
   Con lágrimas miré fijamente hacia la puerta.
Una silueta con una lámpara estaba parada ahí,
   La sombra proyectada en el piso.

"Help! Mom! Dad! Help!" I yelled
With horror, blinded by light.
But when the figure moved toward me,
Shadows were in the lamp's sight.

A woman's arms grabbed me
While someone turned on the light.
I opened my eyes and saw my mom
And my dad with a candlelight.

"¡Ayúdenme! ¡Mamá! ¡Papá! ¡Ayúdenme!" grité
Con horror, cegado por la luz.
Pero cuando la figura se movió hacia a mí,
Las sombras estaban en la luz de la lámpara.

Los brazos de una mujer me agarraron
Mientras alguien prendió la luz.
Abrí mis ojos y ví a mi mamá
Y a mi papá con la luz de una vela.

"It's alright now. Shh," Mother said.

"You must have had a bad dream."

"I heard some noise," Father added.

"I thought I heard someone scream."

"*Está bien. Chsss,*" *me dijo Mamá.*

"*Tuviste una pesadilla.*"

"*Escuché un ruido,*" *agregó Papá.*

"*Creo que oí un grito.*"

"It's nothing," Mother said with a smile
And saved me from my nightmare's brink.
Looking at my sisters, she asked,
"How about some milk to drink?"

"No es nada," dijo Mamá con una sonrisa
Y así me rescató de mi pesadilla.
Mirando a mis hermanas nos preguntó,
"¿Quieren un poco de leche?"

As we started to cross the hall
Toward the kitchen, together,
I felt a breeze that passed us by
Fanning gently like a feather.

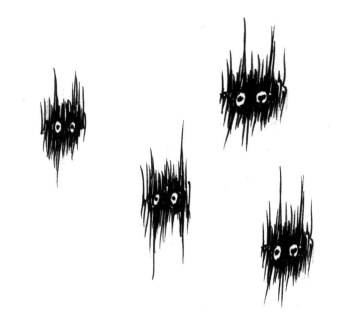

Mientras empezamos a cruzar el pasillo
Hacia la cocina, juntos,
Sentí una brisa que nos pasó
Abanicando suavemente como una pluma.

"But what is stranger is the stove,"
   My mother said to my father.
"Look. It's warm with milk cups all around."
   But me, this did not bother!

"Pero lo más raro de todo es la estufa,"
   Le dijo mi mamá a mi papá.
"Mira. Está caliente con tazas de leche alrededor."
   ¡Pero a mí, no me molestó!

I had seen things that night alone,
And I am my father's son.
Now still we wake up late at night
For milk before the rising sun.

Yo había visto cosas esta noche solo,
Y soy el hijo de mi padre.
Hasta ahora nos levantamos en la madrugada
Por leche antes de la salida del sol.

Vocabulary

1. brink — the edge
2. cellar — basement
3. dreadful — awful
4. dungeon — a dark jail cell
5. elegant — richly beautiful
6. endure — put up with
7. exception — the only one
8. fate — a force that controls the future
9. formaldehyde — a poisonous chemical
10. ghastly — awful
11. hazy — blurry, foggy
12. ilk — a group
13. paralyzed — not able to move
14. parlor — large living room
15. sanitized — cleaned with a strong soap
16. trembled — shook from fear
17. temporary — a short time
18. trace — a sign, a clue
19. uneasy — nervous
20. vacant — empty

Vocabulario

1. *acalorado* — *tener calor; very warm*
2. *agarraron* — *tomaron; grabbed*
3. *aterrorizado* — *tener miedo; terrified*
4. *calabozo* — *cárcel; jail*
5. *destino* — *fortuna; fate*
6. *duelo* — *un combate; a duel*
7. *escalafríos* — *piel de gallina; to get goosebumps*
8. *espantosas* — *horrorosas; frightening*
9. *formol* — *químico tóxico; formaldehyde*
10. *gallina* — *cobarde; coward*
11. *guiñando* — *parpadeando; winking*
12. *madrugada* — *primeras horas de la mañana; early morning*
13. *opción* — *selección; choice*
14. *parpadearon* — *guiñaron; flickered*
15. *pesadilla* — *un mal sueño; nightmare*
16. *pista* — *señal; clue*
17. *rótulo* — *letreros; labels*
18. *silueta* — *sombra; outline of a shape*
19. *vagar* — *caminar sin rumbo; to wander*
20. *valiente* — *valeroso; brave*

Things to Talk About

It's O.K. to be afraid. Fear is normal. Some fear is imagined
and some is real. This book may help you understand your fear.

- Are you ever afraid of the dark? When? Where?
- What do you think might happen to you in the dark?
- Why do you think the dark seems so scary?

Temas para platicar

Está bien si tienes miedo. Es normal. Hay miedo imaginado y hay miedo verdadero.
Este libro puede ayudarte a entender tu miedo.

- *¿Tienes miedo de la oscuridad? ¿Cuándo? ¿Dónde?*
- *¿Qué crees que pueda ocurrirte en la oscuridad?*
- *¿Por qué crees que la oscuridad te da tanto miedo?*

What You Can Do

If ever you're afraid of the dark, try any of these:

- Think a happy thought.

- Breathe slowly.

- Pretend you're playing your favorite game.

- Remember a fun place that you've visited.

- Turn on a nightlight.

- Put your favorite stuffed toy by your pillow.

- Listen to or sing your favorite song.

- Look under the bed, behind the door and in the closet.

One of these might help you feel a little braver!

Qué puedes hacer

Si temes de la oscuridad, trata de hacer cualquiera de éstos:

- Piensa en un pensamiento feliz.

- Respira lentamente.

- Finge que estás jugando con tu juguete favorito.

- Recuerda de un lugar divertido que conoces.

- Enciende una lámpara.

- Pon tu peluche favorito cerca de tu almohada.

- Escucha o canta tu canción favorita.

- Echa una vista debajo de la cama, detrás de la puerta y dentro del ropero.

¡Uno de ellos puede a ayudar sentirte más valiente!

Chris Holaves is an educator-writer whose stories come from his life experiences. He and his family emigrated from Greece to Danville, Illinois, when he was nine. He graduated from Eastern Illinois University, Charleston, with a B.S. in Education. He earned an M.A. in English from University of Illinois, Urbana. He believes reading opens a child's imagination and fosters good communication skills. He has received awards for his poems published in newspapers and journals. He and his wife, Sharon, live in northern Illinois.

Chris Holaves es un educador y escritor. Sus cuentos vienen de las experiencias de su vida. Chris y su familia emigraron desde Grecia a Danville, Illinois, cuando él tenía nueve años. Se graduó de la Universidad de Eastern Illinois con Licencía en Educación. Luego cumplió su Maestría en Inglés en la Universidad de Illinois en Urbana. Él cree que la lectura abre la imaginación de un niño y que esta fomentará las habilidades de comunicación. Él ha recibido premios por sus poemas publicados en periódicos y revistas académicas. Chris y su esposa Sharon viven en el norte de Illinois.

John Goomas has been a freelance artist for many years. He is a graduate of Ray Vogue School of Interior Design, Chicago, Illinois. His works consist of watercolor, oil painting, metal art, and pen and ink. John and his wife, Helen, live in a small northern Illinois community where they enjoy boating and fishing.

John Goomas ha sido un artista independiente hace muchos años. Él se graduó de la Escuela de Diseño Interior Ray Vogue en Chicago, Illinois. Sus obras incluyen pinturas de acuerela, oleos, esculturas de metal y pluma y tinta. Él y su esposa Helen viven en una pequeña comunidad en el norte de Illinois donde ellos disfrutan del paseo en lancha y la pesca.

Allison Barnard is a freelance Spanish translator. A native of New York, she lived in Ecuador for one year as a foreign exchange student while in high school and received her BA in Spanish from Rockford College in Illinois. She and her husband Scott love to travel and try to visit a Spanish-speaking country every year. They live in northern Illinois.

Allison Barnard es traductora independiente de español. Nativa de Nueva York, vivió en Ecuador por un año como estudiante de intercambio en la preparatoria y es Licenciada en Español de la universidad Rockford College en Illinois. A ella y a su esposo Scott les encanta viajar y tratan de visitar un país hispanoparlante cada año. Viven en el norte de Illinois.